AF400395

Analyse de l'œuvre

Par David Noiret et Johanna Biehler

Quatrevingt-Treize

de Victor Hugo

lePetitLittéraire.fr

Rendez-vous sur lepetitlitteraire.fr et découvrez :

Plus de 1200 analyses
Claires et synthétiques
Téléchargeables en 30 secondes
À imprimer chez soi

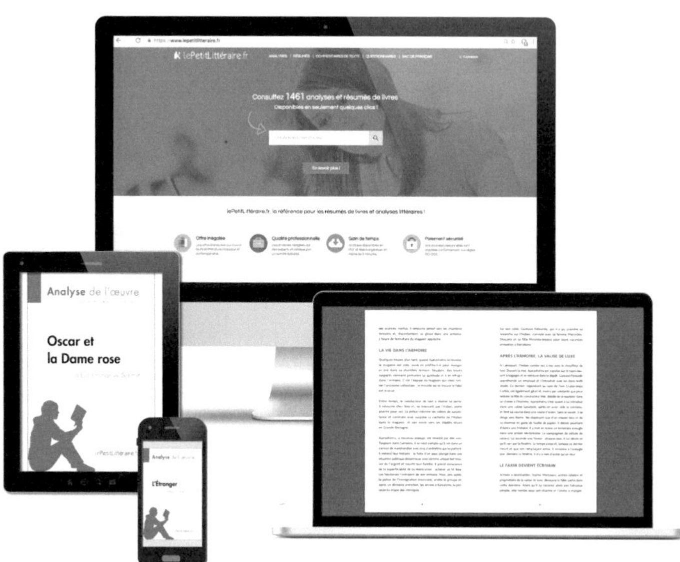

VICTOR HUGO

POÈTE, DRAMATURGE, ROMANCIER ET HOMME POLITIQUE FRANÇAIS

- **Né en 1802 à Besançon (Bourgogne-Franche-Comté)**
- **Décédé en 1885 à Paris**
- **Quelques-unes de ses œuvres :**
  - *Hernani* (1830), pièce de théâtre
  - *Notre-Dame de Paris* (1832), roman
  - *Les Misérables* (1862), roman

Poète, romancier, dramaturge et homme politique, Victor Hugo est l'écrivain emblématique du romantisme français. Chef de file des romantiques, il a également mené une vie politiquement engagée, intervenant en faveur de grandes causes comme l'abolition de la peine de mort, l'instauration du suffrage universel ou la défense de la liberté de la presse.

Durant le Second Empire (1852-1870), il fut contraint à l'exil vers l'archipel Anglo-Normand (1851-1870), d'abord à Jersey (1852-1855), puis à

Guernesey (1855-1870), où il écrivit notamment *Les Misérables*. À sa mort, en 1885, la République française lui organisa des obsèques nationales grandioses, et il fut célébré par le peuple comme le plus grand écrivain français.

QUATREVINGT-TREIZE

UNE ÉPOPÉE HISTORIQUE TEINTÉE DE ROMANTISME

- **Genre :** roman
- **Édition de référence :** *Quatrevingt-Treize*, Paris, Le Livre de Poche, coll. « Les Classiques de Poche », 2001, 575 p.
- **1re édition :** 1874
- **Thématiques :** Révolution française, Terreur, Vendée, histoire, héroïsme, idéal, mort, nature

Comme le suggère le titre, *Quatrevingt-Treize* a pour cadre historique un épisode particulièrement sanglant de la Révolution française (1789-1799) s'étant déroulé en 1793 : la Terreur (1792-1794). La Révolution française constitue un véritable tournant dans l'histoire, et la plupart des écrivains du XIXe siècle sont d'ailleurs sensibles à cet évènement fascinant, considéré comme l'une des causes du « mal du siècle » (ou « *spleen* »), ce sentiment de malaise existentiel propre aux écrivains romantiques.

Cette œuvre permet à Victor Hugo de faire revivre un évènement important de l'histoire qu'il n'a pas connu. Paru en 1874, il s'agit de son dernier roman. Le père de l'auteur a lui-même participé à la guerre de Vendée (1793-1796), racontée dans la troisième partie de l'œuvre. La fiction romanesque est donc habilement mêlée à la vérité historique.

RÉSUMÉ

PREMIÈRE PARTIE – EN MER

Livre I – Le bois de Saudraie

Dirigé par le sergent Radoub, le bataillon du Bonnet-Rouge, affaibli par les guerres de Bretagne en ce mois de mai 1793, recueille, au nom de la République, des paysans malheureux : une jeune veuve nommée Michelle Fléchard et ses trois enfants en bas âge.

LE RÉGIME DE LA TERREUR

La Terreur désigne une période de la Révolution française s'étalant de 1792 à 1794. Le pays est alors dirigé par un pouvoir révolutionnaire qui met en place une série de mesures exceptionnelles visant à installer durablement la République. Elle se caractérise par un régime de répression et de nombreuses exécutions arbitraires, entre autres dirigé par Robespierre (homme politique français, 1758-1794).

Livre II – La corvette *Claymore*

Le 1er juin, à Jersey, la corvette anglaise *Claymore* (un navire léger à trois mâts) appareille pour la France. À bord se trouve un mystérieux passager surnommé par certains le « paysan » et par d'autres le « général ». Il représente un élément capital pour les royalistes. Suite à la découverte de ce passager, la corvette est prise entre huit navires républicains. Une chaloupe parvient à raccompagner le vieillard jusqu'en France.

Livre III – Halmalo

Le passager de la corvette est un noble vieillard. Il débarque en Bretagne accompagné de son matelot Halmalo. Ce dernier est chargé d'ameuter la région par un seul mot d'ordre : « *Insurgez-vous. Pas de quartier.* » (p. 128) La Chouannerie, c'est-à-dire le soulèvement de la religion et des royalistes (blancs) contre la République (bleus), est en marche.

Livre IV – Tellmarch

L'identité du vieil homme est soudain révélée sur une affiche signée Gauvain, chef de la colonne expéditionnaire chargée de soumettre la Bretagne et la Vendée à la République : il s'agit du marquis de Lantenac, dont la tête est mise à prix. Un mendiant nommé Tellmarch reconnait immédiatement le marquis, car il s'agit de son ancien seigneur. Il lui sauve la vie et l'héberge dans sa modeste cachette.

Le lendemain, le marquis découvre une troupe de 7 000 Vendéens royalistes qui viennent de fusiller la moitié du bataillon républicain du Bonnet-Rouge et font prisonniers les enfants (La guerre de Vendée désigne le soulèvement contrerévolutionnaire de cette région de l'Ouest de la France à partir de 1793). La troupe se soumet au marquis, convaincue de sa grande valeur militaire. Peu après, Tellmarch vient en aide à Michelle Fléchard, grièvement blessée, mais en vie.

DEUXIÈME PARTIE – À PARIS

Livre I – Cimourdain

Paris est le foyer des républicains. Une institution importante nommée l'Évêché est fortement influencée par Cimourdain, un ancien prêtre. Il s'était jadis pris d'affection pour un jeune orphelin à qui il avait tout appris. Ce jeune orphelin est devenu un homme, dont nous apprendrons plus tard l'identité : il s'agit de Gauvain.

Livre II – Le cabaret de la rue du Paon

Le 28 juin, trois figures capitales de la Révolution française se retrouvent dans le cabaret de la rue du Paon : Robespierre, Danton (homme politique français, 1759-1794) et Marat (homme politique français, 1743-1793). La discussion est enflammée et polémique. Soudain arrive Cimourdain, à qui Marat expose le danger que représente la Vendée, foyer contrerévolutionnaire et royaliste par excellence depuis l'arrivée de leur chef – Lantenac – pour la République. Convaincus de sa valeur, ils décident d'envoyer Cimourdain en tant que commissaire délégué du Comité de salut public (institution chargée du pouvoir exécutif) auprès du citoyen républicain Gauvain. À ce nom, Cimourdain pâlit étrangement.

Livre III – La Convention

Le narrateur expose l'importance de la Convention, institution créée le 21 septembre 1792. C'est le lieu où le peuple rencontre les dirigeants de l'État, où tout se décide pour la République et où fut votée la décapitation de Louis XVI (roi de France, 1754-1793), exécuté le 21 janvier 1793. Le 30 juin, Marat y fait édicter un décret stipulant que tout chef militaire faisant évader un prisonnier rebelle sera puni de mort.

TROISIÈME PARTIE – EN VENDÉE

Livre I – Les forêts de Vendée

Les paysans vendéens, 500 000 hommes peu instruits et mal armés, résistent à la République. Ils sont attachés à leurs traditions, à la féodalité et à leur terre. Le bocage et les forêts sont des endroits dans lesquels il est aisé de créer des pièges pour l'armée républicaine. Les personnalités de Jean Chouan (1757-1794), d'Henri de La Rochejacquelein (1772-1794) et du marquis de Lantenac renforcent la résistance royaliste.

Livre II – Les trois enfants

On apprend que Gauvain est le petit-neveu du marquis de Lantenac. Il remporte sur son vieux parent une première victoire dans la ville de

Dol (Bretagne), malgré le nombre important de blancs. En déroute, le marquis et ses 18 hommes restants se réfugient dans une forteresse, la Tourgue. Il prend en otage les trois jeunes enfants de Michelle Fléchard et les retient dans la bibliothèque.

Gouge-le-Bruant, un terrible guerrier des blancs, parlemente avec les républicains, supérieurs en nombre (4 500), qui sont sur le point de donner l'assaut. Il leur rendra les trois otages à condition que les républicains laissent les royalistes s'échapper. Cimourdain refuse catégoriquement, mais Gauvain leur laisse 24 heures de répit.

Auparavant, Gouge-le-Bruant a placé un dispositif permettant d'incendier la bibliothèque grâce à une longue mèche parvenant jusqu'à la chambre des miroirs, située au second étage de la tour.

Livre III – Le massacre de saint Barthélemy

Dans cette bibliothèque située au-dessus du pont se trouve un manuscrit précieux : l'évangile de saint Barthélemy. Les trois enfants, René-

Jean, Gros-Alain et Georgette découvrent en toute innocence leur nouveau terrain de jeu et détruisent le manuscrit.

Livre IV – La mère

Pendant ce temps, Michelle Fléchard, guérie de ses blessures, est à la recherche de ses enfants. Elle croise sur sa route la guillotine qu'on achemine vers la Tourgue, dont l'assaut a commencé.

Le sergent Radoub, survivant du bataillon du Bonnet-Rouge, très attaché aux enfants pris en otage, fait partie de la colonne de brèche. Les cadavres s'amoncèlent dans les deux camps. Grâce à ses prouesses et à sa ruse, Radoub ouvre le chemin aux autres soldats. Les royalistes sont forcés de se replier au second étage : ils ne sont plus que sept et possèdent en tout quatre cartouches.

La situation semble désespérée quand surgit d'une porte secrète le matelot Halmalo. Gouge-le-Bruant se sacrifie afin de permettre aux royalistes de se mettre à l'abri : il tue trois hommes avant d'être à son tour tué par le sergent Radoub. Dans un dernier râle, il met le feu à la mèche.

Livre V – *In daemone Deus*

Un cri inhumain retentit : c'est celui de la mère qui voit le feu gagner la bibliothèque où elle a aperçu ses enfants. Subitement, l'impitoyable marquis fait demi-tour pour aller chercher les malheureux. Il pénètre dans la bibliothèque et les hisse un à un hors des flammes, avant de se faire arrêter par Cimourdain.

Livre VI – C'est après la victoire qu'a lieu le combat

Le jugement et l'exécution doivent avoir lieu prochainement. Gauvain est bouleversé par l'acte d'humanité absolue qui vient de se produire sous ses yeux : le symbole du mal est devenu sublime en sauvant la vie d'innocents et en sacrifiant la sienne. Gauvain a l'âme déchirée par le dilemme qui se présente à lui : obéir à son devoir de soldat et laisser le marquis se faire exécuter, ou obéir à un sentiment plus profond – son devoir d'humanité – et sauver la vie de cet homme.

Livre VII – Féodalité et révolution

Il pénètre alors dans la cellule où est retenu le

marquis, lui passe son manteau sur les épaules et prend sa place. La trahison de Gauvain est évidente : le jury (Radoub, Cimourdain et l'officier Guéchamp) composé pour le marquis décide de la mort de Gauvain par guillotine, conformément au décret. Le soir venu, Cimourdain se rend dans la cellule de Gauvain, qui apparait serein et confiant en l'avenir.

Le lendemain, la foule des soldats gronde sur le jugement rendu : tous aimaient Gauvain. « Vive la République ! », crie-t-il avant que la lame ne vienne lui trancher la tête. Au même moment, une détonation retentit : Cimourdain, d'un coup de pistolet, s'est transpercé le cœur.

ÉTUDE DES PERSONNAGES

LE MARQUIS DE LANTENAC

Vieux noble et ancien seigneur de Bretagne, il est l'un des plus féroces partisans de l'Ancien Régime (1515-1789). Il est loyal et fidèle au roi. La monarchie représente à ses yeux le monde idéal. La Révolution de 1789 l'a contraint, comme beaucoup d'aristocrates, à l'exil en Angleterre.

Il est féroce et a un sens aigu du devoir. Sa science militaire et son influence font de lui un brillant chef de guerre, craint de ses ennemis. Homme sans pitié (il fait fusiller les femmes et n'hésite pas à prendre les enfants en otage), il devient sublime en sacrifiant sa vie pour sauver trois enfants innocents. Le monstre sanguinaire qu'il était se transforme ainsi en « Dieu » (p. 412), selon ce que dit de lui le sergent Radoub.

Cet acte de bravoure lui sauve finalement la vie, car Gauvain comprend ainsi que l'homme est capable du pire, mais aussi du meilleur, que le changement est possible : le marquis peut prendre des enfants en otage et les sauver.

CIMOURDAIN

Ancien prêtre du village de Périgné (proche de la Tourgue, qui est assiégée par les républicains), reconverti en serviteur du peuple à la Révolution française, Cimourdain est un vieil homme chauve et pauvre d'aspect. Intelligent et chaste, la science l'a détourné de sa vocation religieuse. On le découvre vivant à Paris et membre de l'Évêché.

Il fut autrefois le précepteur du jeune Gauvain. C'est la seule personne qu'il aime. Par deux fois, il a sauvé la vie de son protégé (à sa naissance et lors de la bataille de Dol). Inflexible et autoritaire, il est choisi pour représenter le pouvoir civil lors de la guerre de Vendée. Sa rigueur, son impartialité et son sens du devoir l'amèneront à exécuter celui qu'il considère pourtant comme son propre fils.

Cimourdain représente la République de la Terreur. Face à Gauvain, il apparait très conservateur. Son suicide à la fin du roman prouve que

chez lui, la loi prime sur les sentiments : para-
doxalement, il ne peut pas supporter que l'on
montre de la clémence envers l'ennemi comme
l'a fait son protégé, mais il ne peut pas supporter
l'idée de sa mort. Personnage romantique, il est
caractérisé par l'ombre et les ténèbres – contrai-
rement à Gauvain (« Et ces deux âmes, sœurs tra-
giques, s'envolèrent ensemble, l'ombre de l'une
mêlée à la lumière de l'autre », p. 520) –, sym-
boles des dérives de cette période : exécutions de
masse, absence de clémence et radicalisation des
valeurs.

GAUVAIN

Petit neveu du marquis de Lantenac, il est aussi
de noble souche (vicomte). Jeune homme bon et
intelligent, c'est un chef de guerre républicain
très apprécié de ses soldats. Il remporte une
triomphante victoire sur le marquis grâce à sa
ruse et à son sens tactique. Il est particulièrement
tolérant avec ses prisonniers, ce qui l'oppose à
Cimourdain. Face à ce dernier, Gauvain incarne
en quelque sorte la République de la clémence : il
ne fait la guerre que dans le but d'obtenir la paix
et il défend une justice équitable et flexible.

Sa grandeur d'âme lui fait pourtant perdre la vie : il se sacrifie pour son ennemi juré – et parent –, le royaliste marquis de Lantenac, qui était condamné à mort. De fait, supprimer cet homme alors qu'il vient de faire preuve d'héroïsme en sauvant les trois enfants des flammes aurait été à ses yeux la pire des injustices.

Gauvain est un homme de progrès et un idéaliste qui, par exemple, voit dans la femme l'égale de l'homme (alors que, pour Cimourdain, la femme doit servir l'homme) :

> « Gauvain reprit :
> — Et la femme ? qu'en faites-vous ?
> Cimourdain répondit :
> — Ce qu'elle est. La servante de l'homme.
> — Oui. À une condition.
> — Laquelle ?
> — C'est que l'homme sera le serviteur de la femme.
> — Y penses-tu ? s'écria Cimourdain, l'homme serviteur ! jamais. L'homme est maître. Je n'admets qu'une royauté, celle du foyer. L'homme chez lui est roi.
> — Oui. À une condition.
> — Laquelle ?
> — C'est que la femme y sera reine. » (p. 507)

Il porte ainsi les idées humanistes de Victor Hugo en ce qui concerne l'égalité entre les membres d'une même société.

Gauvain est finalement le héros du roman, le vrai révolutionnaire de son temps : il incarne l'homme de l'avenir, l'élève ayant finalement surpassé le maitre. Face aux ténèbres qui entourent Cimourdain, Gauvain est un personnage lumineux : la lumière manifeste parfois l'énergie de sa jeunesse, quand il reçoit par exemple « la clé de lumière » (p. 503) de la part de Cimourdain, ou quand il ressent « un éblouissement » (p. 466) ; mais elle est aussi présente dans les tourments de ses pensées lors de son emprisonnement, lorsqu'il est « terrassé par un flot de clarté céleste » (p. 470).

LE SERGENT RADOUB

Brave homme et chef du bataillon du Bonnet-Rouge, Radoub admire Gauvain et son intelligence au combat. Agile, il débloque une situation difficile lors de l'assaut de la Tourgue en créant une diversion. Sa fidélité à Gauvain lors du jugement final et son amour pour les trois petits otages prouvent combien il a bon cœur.

GOUGE-LE-BRUANT

Gouge-le-Bruant est surnommé « l'Imânus » (pour son aspect horrible) ou encore « Brise-bleu » (p. 365) à cause de sa férocité au combat et du nombre de bleus qu'il a éliminés. Il n'hésite pas à se sacrifier pour son chef, le marquis de Lantenac, qu'il respecte et admire. Il n'hésite pas non plus à mettre le feu à la mèche qui incendie la bibliothèque où sont retenus les enfants.

HALMALO

Halmalo incarne le personnage providentiel, celui qui permet au héros royaliste (Lantenac) de parvenir à ses fins. Il propage la nouvelle de l'arrivée de Lantenac en Bretagne et sauve les royalistes, assiégés dans la Tourgue.

TELLMARCH

Surnommé « Caimand » – qui signifie « mendiant » en breton –, Tellmarch apparait à deux reprises : pour sauver le marquis de Lantenac (ce qu'il regrettera), puis Michelle Fléchard. Il est hors du conflit qui oppose les royalistes aux républicains, se préoccupant davantage de sa propre survie et de la nature. Il ressemble étrangement au marquis. Il est instruit et, du fait de ses connaissances médicales et de sa vie en dehors de la société, il fait figure de sorcier aux yeux des paysans qui se méfient de lui.

MICHELLE FLÉCHARD

Veuve, c'est l'une des seules femmes de l'histoire. Elle est déterminée à retrouver ses enfants malgré la guerre. Elle incarne la volonté et l'amour maternels. Ses trois enfants représentent l'innocence dans une période de terreur peu propice à leur épanouissement. Ils semblent insensibles au conflit et au danger qui les menace.

CLÉS DE LECTURE

ORIGINE DU ROMAN

Victor Hugo fait part à son entourage durant l'été 1862 (soit juste après la publication des *Misérables*) de son projet concernant un nouveau roman qui porterait sur les destinées de la Révolution française. Il écrit à son éditeur le 10 janvier 1863 : « Je suis au seuil d'un très grand ouvrage à faire. J'hésite devant l'immensité, qui en même temps m'attire. C'est *93*. » (cité par REY P.-L., in Quatrevingt-Treize *de Victor Hugo*, Paris, Gallimard, coll. « Foliothèque », 2002, p. 15)

Mais *Quatrevingt-Treize* ne sera publié qu'en 1874, Hugo ayant écrit entretemps *Les Travailleurs de la mer* (1866), puis *L'Homme qui rit* (1869). Il avait d'ailleurs d'abord envisagé d'écrire une trilogie dont *L'Homme qui rit* aurait été le premier tome, consacré à l'aristocratie, et *Quatrevingt-Treize* le dernier, mais le deuxième ouvrage, qui aurait eu pour thème la monarchie, ne sera jamais écrit. Cet ensemble devait apporter « la preuve de la

Révolution. Ce sera le pendant des *Misérables* »
(*ibid.*, p. 18).

Les *MISÉRABLES*

Les Misérables est un roman de Victor Hugo
publié en 1862. L'auteur y décrit la vie de
Jean Valjean à sa sortie du bagne (il a été
condamné pour avoir volé du pain afin de
nourrir sa famille) et les conditions de vie
difficiles que connaissent les plus pauvres
en France, au début du XIXe siècle. L'ancien
prisonnier est poursuivi sans relâche par
l'inspecteur de police Javert, incarnation
du devoir et de l'intransigeance qui finit
par se suicider après avoir laissé s'échapper
l'ancien forçat. Tout au long de ce roman,
les nombreux personnages se définissent
par rapport à la Révolution française et aux
évènements de 1793.

L'auteur ne commence à se documenter qu'à la
fin de l'été et à l'automne 1872 pour *Quatrevingt-
Treize* ; sa préférence va alors aux témoignages
(mémoires, lettres) et aux historiens comme Jules
Michelet (1798-1874) ou Alphonse de Lamartine

(écrivain et homme politique français, 1790-1869). Et si le temps de réflexion à propos de *Quatrevingt-Treize* est très long (environ une dizaine d'années), la rédaction du roman ne dure que quelques mois, de décembre 1872 à juin 1873.

L'intérêt de Victor Hugo pour les évènements survenus en Vendée est récurrent et date de la jeunesse de l'auteur, comme en témoigne un poème intitulé « La Vendée », publié dans *Odes et Poésies diverses* (1822). Dans une certaine mesure, on peut aussi se demander si le père de Victor Hugo n'a pas influencé son fils. Général dans l'armée, celui-ci avait en effet pris part aux batailles en Vendée et avait raconté ses souvenirs dans le premier tome de ses *Mémoires* (1820). Victor Hugo y fait d'ailleurs directement allusion dans *Quatrevingt-Treize* : « Cette guerre, mon père l'a faite, et j'en puis parler. » (p. 276)

UN ROMAN HISTORIQUE

« La Vendée ne peut être complètement expliquée que si la légende complète l'histoire. » (p. 268) Cette citation illustre à merveille la nature de ce roman où la fiction romanesque est mêlée à la vérité historique.

Le roman dit historique est un genre littéraire qui prend son essor au XIXe siècle. Les auteurs imaginent alors des récits où se mêlent réalité et fiction. Ils mettent en scène des personnages confrontés à des évènements historiques afin de démontrer comment l'histoire affecte toutes les composantes d'une société. Le créateur du genre est Walter Scott (poète et auteur irlandais, 1771-1832), dont l'œuvre la plus représentative est certainement *Ivanhoé* (1819).

Le génie de Victor Hugo consiste donc à tisser une petite histoire dans la grande. Des personnages imaginaires sont ainsi mêlés aux personnages historiques que nous avons déjà croisés dans le résumé et qui ont eu une importance considérable dans l'histoire de la Révolution française. Pour les révolutionnaires : Robespierre, Marat et Danton ; pour les contrerévolutionnaires : Jean Cottereau, dit Jean Chouan, et Henri de La Rochejacquelein.

Dans une rencontre fictive (p. 167-188), le narrateur fait la jonction entre fiction et réalité grâce au personnage de Cimourdain. En prétendant que l'histoire n'a pas retenu son nom, le narrateur joue sur cette frontière entre l'histoire et la légende, et plonge le lecteur dans l'illusion romanesque.

Les descriptions et le travail de documentation de Victor Hugo complètent la vraisemblance de cette histoire opposant deux conceptions de la France dont voici quelques caractéristiques présentes dans le roman. D'une part, l'Ancien Régime, le régime social et politique alors en place en France, caractérisé par :

- la souveraineté du roi. Les royalistes reconnaissent comme héritier du trône le petit Louis XVII (fils de Louis XVI, né en 1785), retenu dans la tour du Temple, où il mourra en 1795 (« Dieu souffre dans son fils très-chrétien le roi de France qui est enfant comme l'enfant Jésus et qui est en prison dans la tour du Temple », p. 116) ;
- l'héritage de 15 siècles de féodalité, d'absolutisme royal et de privilèges (« Dans la Tourgue étaient condensés quinze cent ans, le moyen âge, le vasselage, la glèbe, la féodalité ; dans la guillotine une année, 93 ; et ces

douze mois faisaient contre-poids à ces quinze siècles », p. 514) ;

- ses principaux défenseurs, qui sont les aristocrates, les religieux et les paysans de province. La position est nuancée dans le roman, puisque parmi les républicains, Cimourdain est un ancien prêtre et Gauvain un noble (« Louis XV vivait encore que déjà Cimourdain se sentait vaguement républicain », p. 178) ;
- le clocher des églises, qui sert à prévenir les villages voisins (notamment de l'arrivée de Lantenac), témoigne des liens forts entre l'Église et l'aristocratie. La monarchie en France est un régime politique dit de droit divin, c'est-à-dire que le représentant de ce pouvoir est légitimé par Dieu lui-même. Sous l'Ancien Régime, l'Église est une institution puissante ;
- la couleur blanche, car il s'agit de la couleur royale, dont la fleur de lis est l'emblème. Les monarchistes sont donc surnommés « les blancs » (« L'oncle est royaliste, le neveu est patriote. L'oncle commande les blancs, le neveu commande les bleus », p. 294) ;
- la Tourgue, la forteresse de la famille de Gauvain, qui est le symbole de l'Ancien Régime

(« La Tourgue, c'était la monarchie ; la guillotine, c'était la révolution », p. 514) ;

- le cri du hibou (chat-huant), d'où le surnom
« Chouan » de Jean Cottereau, qui est le signe
de ralliement des chouans, royalistes et re-
belles (« Lantenac ne comprenait cette guerre
bretonne, ni toute en rase campagne comme
La Rochejaquelein, ni toute dans la forêt
comme Jean Chouan », p. 303) ;

- les paysans peu instruits, qui parlent de mul-
tiples dialectes et sont conservateurs par rapport à leur langue (par exemple, le surnom de
Tellmarch, « Caimand », signifie « mendiant »
en breton) ;

- le chapeau que portent ces derniers et qui
s'oppose au bonnet phrygien des révolutionnaires. C'est aussi un moyen pour le marquis
de Lantenac de dissimuler son identité à bord
de la corvette (« Ce vieillard avait sur la tête
le chapeau rond du temps, à haute forme et à
large bord, qui, rabattu, a l'aspect campagnard,
et, relevé d'un côté par une ganse à cocarde,
a l'aspect militaire. Il portait ce chapeau ras
baissé à la paysanne, sans ganse ni cocarde »,
p. 72).

D'autre part, la République, nouveau régime instauré depuis la Révolution, dont les caractéristiques sont :

- la souveraineté de la nation et l'abolition des privilèges. Cela signifie l'égalité de tous en droit, l'accès de tous aux libertés individuelles et la fin des privilèges réservés à la noblesse et au clergé (« D'un côté, [...] le privilège royal de banqueroute, le sceptre, le trône, le bon plaisir, le droit divin ; de l'autre, cette chose simple, un couperet », p. 514) ;
- l'abolition de la royauté, le 21 septembre 1792 à la Convention (an I de la République, « une et indivisible »), symbolisée par la mort du roi Louis XVI, guillotiné le 21 janvier 1793 ;
- l'importance de la bourgeoisie, la Révolution française étant avant tout menée par des bourgeois parisiens ;
- le début d'une déchristianisation, visible par exemple lorsque le clocher des églises est fondu pour fabriquer des balles de fusil (« Grâce à toi, le diable vaincra, grâce à toi, les églises tomberont, grâce à toi, les païens continueront de fondre les cloches et d'en faire des canons ; on mitraillera les hommes

avec ce qui sauvait les âmes », p. 117) ;

- la couleur bleue, parce que les couleurs de la liberté (bleu, blanc, rouge) apparaissent à cette époque (de même que la devise « liberté, égalité, fraternité »). Les républicains sont donc surnommés « les bleus » ;
- la guillotine, symbole de la République ;
- l'universalisation de la langue française (le breton est considéré comme une langue morte par le narrateur) et la diffusion de la culture parmi les partisans ;
- le bonnet phrygien, autre symbole de la Révolution, porté les paysans, qui sont appelés « citoyens », à l'égal des bourgeois ;
- des chants révolutionnaires républicains comme *La Marseillaise* et *Ça ira* (« Les chanteurs ambulants pullulaient. La foule huait Pitou, le chansonnier royaliste », p. 169) ;
- l'instauration du calendrier républicain (ainsi, le décret le mettant en place est daté du 14 vendémiaire an II de la République, c'est-à-dire le 24 octobre 1793).

Victor Hugo multiplie dans *Quatrevingt-Treize* les références à l'histoire, directes ou non, à tel point que la mise en scène de celle-ci ne sert pas seulement à définir un contexte spatiotemporel, mais relève bien d'une véritable politique d'écriture. Ce roman peut donc être considéré comme un modèle du genre.

UNE HISTOIRE DE LA RÉVOLUTION

Quand Hugo écrit ce roman, il assume totalement son projet de roman historique. Le titre, *Quatrevingt-Treize*, est une référence directe à l'une des terribles conséquences de la Révolution française, la Terreur. Victor Hugo envisageait cette œuvre comme une suite de récits – chacun étant un drame en soi – qui tendraient tous vers 1793. Cette construction donne parfois le sentiment d'une absence d'unité, de fragments assemblés ensemble, comme l'écrit Thanh-Vân Ton-That :

> « À une vision figée et didactique de l'histoire, Hugo préfère la variété, alternant portraits, descriptions, scènes de combat, dialogues, tableaux colorés et vivants. » (*Victor Hugo :* Quatrevingt-Treize, Rosny-sous-Bois, Bréal, coll. « Connaissance d'une œuvre », 2002, p. 3)

Effectivement, *Quatrevingt-Treize* s'organise en trois parties dont les titres sont déterminés par le lieu de l'action (soit « En mer », « À Paris » et « En Vendée ») et, dans chacune, Victor Hugo concentre son action autour d'un personnage, respectivement Lantenac, Cimourdain, Gauvain. Afin de rompre avec cette impression de montage d'éléments disparates, les personnages principaux sont les fils conducteurs de l'intrigue du roman.

Cette structure très élaborée (chaque partie est divisée en livres, eux-mêmes subdivisés en chapitres) permet au lecteur de ne pas se perdre dans les nombreux noms de lieux ou de personnes, dans les considérations philosophiques ou politiques, ou encore dans le déroulement des évènements, et de garder à l'esprit le fil conducteur : les trois enfants découverts dans un fourré, adoptés par des républicains et sauvés de l'incendie par Lantenac, un royaliste. Hugo met en scène les différences politiques entre les personnages, mais aussi les points qui les rapprochent comme leur humanité.

Mais que penser alors de la deuxième partie, cette véritable parenthèse parisienne, si seuls le début et la fin du roman se répondent ? Pour Victor Hugo, tout est lié, et la situation en Vendée découle directement des tractations qui se déroulent dans la capitale entre « les trois têtes de Cerbère » (p. 203) que sont Danton, Marat et Robespierre. Ainsi, l'auteur construit un récit qui s'attache aux différents aspects de la Révolution française.

L'ENGAGEMENT HUGOLIEN

Victor Hugo considère que le rôle d'un écrivain est de dénoncer les injustices de son temps. Par exemple, il prend position contre la peine de mort dans *Le Dernier Jour d'un condamné* (1829) et dénonce la misère sociale dans *Les Misérables*. Il doit également se battre contre la censure et voit certaines de ses pièces de théâtre être interdites, comme *Marion Delorme* (1829) ou *Le Roi s'amuse* (1832).

Victor Hugo s'engage en politique (il sera notamment député), et ses différents discours sont autant d'occasions de donner son avis sur les causes qui lui tiennent à cœur : la laïcité, la liberté d'expression, les droits des femmes et des enfants, le suffrage universel, etc. Après le coup d'État du 2 décembre 1851, Hugo part en exil, mais continue à écrire contre « Napoléon le Petit » – titre d'un pamphlet qu'il rédige en 1852 –, un surnom censé ridiculiser Napoléon III (président de la IIe République française, puis empereur des Français, 1808-1873).

Cet engagement pour la paix, la lutte contre les inégalités et le respect de la vie poussent Sylvain Fort à voir dans *Quatrevingt-Treize* un roman pour la paix, « mais non la paix au sens ordinaire de ce terme. La paix au sens métaphysique : c'est-à-dire l'harmonie. » (Quatrevingt-Treize *de Victor Hugo : leçon littéraire*, Paris, Presses universitaires de France, coll. « Major », 2002, p. 3) Il distingue alors dans l'œuvre plusieurs types de paix :

- **la paix « primitive »**. C'est ce à quoi aspire la Fléchard pour elle et ses enfants, c'est-à-dire à une vie calme, loin des préoccupations complexes de la politique, qu'elle ne comprend pas. Quand le sergent lui demande à quel camp elle appartient (« Es-tu des bleus ? Es-tu des blancs ? Avec qui es-tu ? », p. 60), elle répond simplement qu'elle est avec ses enfants. Hugo la compare à une « femelle » (p. 326) qui élève ses petits. Il est aisé de saisir l'ironie quand le bataillon adopte les trois enfants et les élève loin de cette paix naturelle, presque animale.

Les soldats estiment qu'il est plus sain pour les enfants de les suivre près des combats que de rester près de leur mère, qui les maintient éloignés de la violence ;

- **la paix « sans histoire »**. Elle est représentée par le personnage du mendiant, Tellmarch, qui mène sa vie selon le « refus de l'événement » (FORT S., Quatrevingt-Treize *de Victor Hugo : leçon littérair*e, p. 37). Il se place en observateur et affirme très clairement une volonté de ne pas intervenir dans les affaires des hommes (« Il y a des choses qui se passent encore plus haut, le soleil qui se lève, la lune qui augmente ou diminue, c'est de celle-là que je m'occupe », p. 146) ;
- **la paix « cosmique »**. C'est la paix des éléments naturels pour lesquels les hommes n'ont aucune importance, à savoir notamment la mer, où se situe la première partie du roman, et les forêts bretonnes si anciennes (« Les larves de la légende et les monstres de l'histoire, tout avait passé sur ce noir pays, Teutatès, César, Hoël [...] », p. 271).

Si la Vendée a inspiré *Quatrevingt-Treize* à Victor Hugo, la critique s'est beaucoup interrogée sur l'influence possible d'un autre roman mettant en scène cette guerre civile et publié quelques années auparavant, en 1829 : *Les Chouans* d'Honoré de Balzac (écrivain français, 1799-1850). Toutefois, les recherches menées dans ce sens n'ont pas pu établir un lien certain entre les deux œuvres. Dans les documents rassemblés par Hugo dans un souci d'exactitude historique, aucune mention ou allusion n'est faite aux Chouans.

UNE HISTOIRE ROMANTIQUE

LE ROMANTISME

Le romantisme est un mouvement littéraire et artistique qui s'inspire du Moyen Âge et de ses valeurs, par opposition au classicisme qui se réclame quant à lui de l'Antiquité grecque et romaine. Pour ce faire, à partir de la fin du XVIIIe siècle, il rejette les règles classiques, fait prévaloir le sentiment sur la raison et met également en avant des thématiques comme celles de la nature, de la subjectivité, de l'onirisme, de la mélanco-lie, etc.

Les romantiques (Alexandre Dumas [écrivain français, 1802-1870], Alfred de Musset [écrivain français, 1810-1857], Charles Baudelaire [poète français, 1821-1867], etc.) sont caractérisés par une certaine tristesse, une langueur : le *spleen* (mot utilisé par Hugo dans *Les Misérables*) est un sentiment d'ennui, de dégout de la vie sans raison apparente. Le « mal du siècle » est plus général et représente l'état d'esprit d'une génération désespérée par les bouleversements historiques que la France a connus depuis 1789.

Nous retrouvons dans *Quatrevingt-Treize* de grands thèmes romantiques :

- **l'amour**. L'amour n'est pas charnel dans ce roman. Il est plus grand, plus noble : c'est l'amour de la mère pour ses trois enfants et l'amour de l'ancien prêtre pour son fils d'adoption. Le premier aura une fin heureuse, le second sera tragique. L'amour est d'ailleurs étroitement lié à la mort dans le mouvement romantique ;
- **la mort**. L'histoire s'achève sur la mort des deux républicains. Celle de Gauvain représente le sacrifice pour une société meilleure, tandis

que celle de Cimourdain montre les limites de la politique de la Terreur, sans pitié et inhumaine. Les deux âmes, séparées dans leurs principes, ne pouvaient se réunir que dans la mort ;

- **la nature**. Le narrateur fait preuve de lyrisme quand il dépeint la nature et multiplie les métaphores, faisant intervenir les éléments naturels (la mer, la tempête, etc.). C'est le cas lorsqu'il met en scène les trois révolutionnaires. Hugo compare par exemple leur débat à une « querelle de tonnerres » (p. 212). Ces figures de style mettent en avant les correspondances existant entre l'homme et la nature, lieu de prédilection de l'âme. L'homme est également à plusieurs reprises comparé à un animal (« les lions s'inquiètent des hydres », *ibid.* ; « des fauves sur une montagne, des reptiles dans un marais », p. 235), car cela fait ressortir sa vraie nature ;

- **l'idéalisme**. Le sujet romantique ne peut se satisfaire du monde dans lequel il vit. Gauvain incarne donc le poète romantique qui croit en un avenir radieux pour les hommes, un monde plus juste où règneront la liberté, l'égalité et la fraternité (c'est l'idéal révolutionnaire). Il y a chez Hugo un gout pour l'absolu. Le paisible repos des enfants qui s'endorment dans la bibliothèque malgré les coups de canon, mêlé à une nature luxuriante et pleine de vie, offre un contraste particulièrement romantique.

En plus de cela, nous pouvons également reconnaitre des thèmes typiquement hugoliens :

- **des personnages sublimes, en miroir**. La grandeur des personnages principaux est un phénomène que l'on retrouve dans les chefs-d'œuvre de l'écrivain (voir Jean Valjean et Javert dans *Les Misérables*). Cela en fait des personnages très typés, assez étrangers au commun des mortels et proches des dieux. Il y a là une volonté de sublimation des caractères humains, ce qui donne au conflit une tournure grandiose et épique. On rencontre en effet chez Hugo une fascination pour tout ce qui est hors-norme. Lantenac et Gauvain sont tour à tour rendus sublimes par le revirement qui se produit en eux – Cimourdain le devient par son suicide. Ils sont déchirés entre leur devoir et leurs sentiments personnels (une tension encore toute romantique). En outre, les personnages principaux sont construits en miroir, ils s'opposent (ombre-lumière, royaliste-républicain, prêtre-comte, etc.) et se rencontrent dans la noblesse de leur âme :

> « Au coup de hache répondit un coup de pistolet. Cimourdain venait de saisir un des pistolets qu'il avait à la ceinture, et au moment où la tête de Gauvain roulait dans le panier, Cimourdain se traversait le cœur d'une balle. Un flot de sang lui sortit de la bouche, il tomba mort. Et ces deux âmes, sœurs tragiques, s'envolèrent ensemble, l'ombre de l'une mêlée à la lumière de l'autre. » (p. 520)

- **la personnification et la métamorphose des éléments**. Lors de la traversée, un canon se détache et se transforme en monstre fou furieux qui ravage et tue tout sur son passage (« Une âme ; chose étrange, on eût dit que le canon en avait une, lui aussi ; mais une âme de haine et de rage », p. 91-92). En outre, durant l'assaut, la Tourgue « saigne » comme si elle ressentait directement les balles (« Un ruisseau de sang sortait de la tour par la brèche, et se répandait dans l'ombre. Cette flaque sombre fumait dehors dans l'herbe. On eût dit que c'était la tour elle-même qui saignait et que la géante était blessée », p. 419). À la fin du roman, la

Tourgue semble effrayée par le spectacle de la guillotine, et le narrateur imagine même un dialogue entre la forteresse et cet objet :

> « 93 avait dit au vieux monde : – Me voilà.
> Et la guillotine avait le droit de dire au donjon : – Je suis ta fille.
> Et en même temps le donjon, car ces choses fatales vivent d'une vie obscure, se sentait tué par elle.
> Et la Tourgue, devant la redoutable apparition, avait on ne sait quoi d'effaré. On eût dit qu'elle avait peur. » (p. 515)

Ce procédé, courant chez Hugo, qui consiste à animer les choses (par exemple, la cathédrale dans *Notre-Dame de Paris*), donne l'impression que tous les éléments sont vivants et en communication silencieuse. Cela renforce la dimension romantique et mystérieuse de l'œuvre.

Finalement, *Quatrevingt-Treize* est une œuvre qui met en scène des thèmes particulièrement chers à Victor Hugo (l'histoire et la lutte contre l'injustice), que l'on peut d'ailleurs retrouver dans d'autres textes du même auteur, comme *Les Misérables*. Dans ce roman, profondément marqué par la Révolution française et la Terreur, le romantisme hugolien reste très présent à travers les descriptions de la nature et des grands sentiments, ainsi qu'à travers l'engagement de l'auteur.

PISTES DE RÉFLEXION

QUELQUES QUESTIONS POUR APPROFONDIR SA RÉFLEXION...

- Comparez et opposez les deux grands chefs républicains que sont Gauvain et Cimourdain.
- En quoi Cimourdain est-il le personnage romantique par excellence dans ce roman ?
- Pourquoi, pour Gauvain, est-ce après la victoire qu'a lieu le combat (comme l'indique le titre du livre VI de la troisième partie) ?
- En quoi le marquis de Lantenac est-il un véritable héros ?
- Commentez cette citation : « La Vendée ne peut être complètement expliquée que si la légende complète l'histoire. » (p. 268)
- Le romantisme constitue l'âge d'or du roman historique. À votre avis, pour quelles raisons les écrivains de cette époque se tournent-ils vers ce type de production ?
- Selon vous, Victor Hugo prend-il parti pour l'un des deux camps (royaliste ou républicain) ? Justifiez.

- Qu'est-ce qui apparente ce texte au mouvement romantique ? Expliquez en citant des exemples tirés du livre.
- Comparez *Quatrevingt-Treize* avec *Notre-Dame de Paris*. Quelles similitudes constatez-vous du point de vue de la construction des personnages et des thèmes ?
- Ce roman a été porté au cinéma à deux reprises. Les adaptations sont-elles fidèles à tous les aspects de l'œuvre de Victor Hugo ?

Votre avis nous intéresse !
Laissez un commentaire sur le site de votre librairie en ligne
et partagez vos coups de cœur sur les réseaux sociaux !

POUR ALLER PLUS LOIN

ÉDITION DE RÉFÉRENCE

- HUGO V., *Quatrevingt-Treize*, Paris, Le Livre de Poche, coll. « Les Classiques de Poche », 2001.

ÉTUDES DE RÉFÉRENCE

- FORT S., Quatrevingt-Treize *de Victor Hugo : leçon littéraire*, Paris, Presses universitaires de France, coll. « Major », 2002.
- REY P.-L., Quatrevingt-Treize *de Victor Hugo*, Paris, Gallimard, coll. « Foliothèque », 2002.
- TON-THAT T., *Victor Hugo :* Quatrevingt-Treize, Rosny-sous-Bois, Bréal, coll. « Connaissance d'une œuvre », 2002.

ADAPTATIONS

- *Quatrevingt-Treize*, film d'André Antoine, avec Paul Capellani, Charlotte Barbier-Krauss et Georges Dorival, France, 1920.
- *Quatrevingt-Treize*, téléfilm d'Alain Boudet, avec Michel Etcheverry, Jean Mercure et Pierre Michaël, France, 1962.

SUR LEPETITLITTÉRAIRE.FR

- Commentaire de la préface de *Cromwell* de Victor Hugo.
- Commentaire de la préface de 1832 du *Dernier Jour d'un condamné* de Victor Hugo.
- Commentaire de la scène II de l'acte I d'*Hernani* de Victor Hugo.
- Commentaire du chapitre VI du livre I de *Notre-Dame de Paris* de Victor Hugo.
- Fiche de lecture sur *Claude Gueux* de Victor Hugo.
- Fiche de lecture sur *Hernani*.
- Fiche de lecture sur *Le Dernier jour d'un condamné*.
- Fiche de lecture sur *Les Contemplations* de Victor Hugo.
- Fiche de lecture sur *Les Misérables* de Victor Hugo.
- Fiche de lecture sur *L'Homme qui rit* de Victor Hugo.
- Fiche de lecture sur *Notre-Dame de Paris*.
- Fiche de lecture sur *Ruy Blas* de Victor Hugo.
- Questionnaire de lecture sur *Claude Gueux*.
- Questionnaire de lecture sur *Le Dernier jour d'un condamné*.

- Questionnaire de lecture sur *Quatrevingt-Treize*.

Retrouvez notre offre complète sur lePetitLittéraire.fr

- des fiches de lectures
- des commentaires littéraires
- des questionnaires de lecture
- des résumés

ANOUILH
- Antigone

AUSTEN
- Orgueil et Préjugés

BALZAC
- Eugénie Grandet
- Le Père Goriot
- Illusions perdues

BARJAVEL
- La Nuit des temps

BEAUMARCHAIS
- Le Mariage de Figaro

BECKETT
- En attendant Godot

BRETON
- Nadja

CAMUS
- La Peste
- Les Justes
- L'Étranger

CARRÈRE
- Limonov

CÉLINE
- Voyage au bout de la nuit

CERVANTÈS
- Don Quichotte de la Manche

CHATEAUBRIAND
- Mémoires d'outre-tombe

CHODERLOS DE LACLOS
- Les Liaisons dangereuses

CHRÉTIEN DE TROYES
- Yvain ou le Chevalier au lion

CHRISTIE
- Dix Petits Nègres

CLAUDEL
- La Petite Fille de Monsieur Linh
- Le Rapport de Brodeck

COELHO
- L'Alchimiste

CONAN DOYLE
- Le Chien des Baskerville

DAI SIJIE
- Balzac et la Petite Tailleuse chinoise

DE GAULLE
- Mémoires de guerre III. Le Salut. 1944-1946

DE VIGAN
- No et moi

DICKER
- La Vérité sur l'affaire Harry Quebert

DIDEROT
- Supplément au Voyage de Bougainville

MALRAUX
- La Condition humaine

MARIVAUX
- La Double Inconstance
- Le Jeu de l'amour et du hasard

MARTINEZ
- Du domaine des murmures

MAUPASSANT
- Boule de suif
- Le Horla
- Une vie

MAURIAC
- Le Nœud de vipères

MAURIAC
- Le Sagouin

MÉRIMÉE
- Tamango
- Colomba

MERLE
- La mort est mon métier

MOLIÈRE
- Le Misanthrope
- L'Avare
- Le Bourgeois gentilhomme

MONTAIGNE
- Essais

MORPURGO
- Le Roi Arthur

MUSSET
- Lorenzaccio

MUSSO
- Que serais-je sans toi ?

NOTHOMB
- Stupeur et Tremblements

ORWELL
- La Ferme des animaux
- 1984

PAGNOL
- La Gloire de mon père

PANCOL
- Les Yeux jaunes des crocodiles

PASCAL
- Pensées

PENNAC
- Au bonheur des ogres

POE
- La Chute de la maison Usher

PROUST
- Du côté de chez Swann

QUENEAU
- Zazie dans le métro

QUIGNARD
- Tous les matins du monde

RABELAIS
- Gargantua

RACINE
- Andromaque
- Britannicus
- Phèdre

ROUSSEAU
- Confessions

ROSTAND
- Cyrano de Bergerac

ROWLING
- Harry Potter à l'école des sorciers

SAINT-EXUPÉRY
- Le Petit Prince
- Vol de nuit

SARTRE
- Huis clos
- La Nausée
- Les Mouches

SCHLINK
- Le Liseur

Schmitt
- La Part de l'autre
- Oscar et la Dame rose

Sepulveda
- Le Vieux qui lisait des romans d'amour

Shakespeare
- Roméo et Juliette

Simenon
- Le Chien jaune

Steeman
- L'Assassin habite au 21

Steinbeck
- Des souris et des hommes

Stendhal
- Le Rouge et le Noir

Stevenson
- L'Île au trésor

Süskind
- Le Parfum

Tolstoï
- Anna Karénine

Tournier
- Vendredi ou la Vie sauvage

Toussaint
- Fuir

Uhlman
- L'Ami retrouvé

Verne
- Le Tour du monde en 80 jours
- Vingt mille lieues sous les mers
- Voyage au centre de la terre

Vian
- L'Écume des jours

Voltaire
- Candide

Wells
- La Guerre des mondes

Yourcenar
- Mémoires d'Hadrien

Zola
- Au bonheur des dames
- L'Assommoir
- Germinal

Zweig
- Le Joueur d'échecs

www.lepetitlitteraire.fr

ISBN version numérique : 978-2-8062-1886-5
ISBN version papier : 978-2-8062-1393-8
Dépôt légal : D/2017/12603/601

Avec la collaboration de Johanna Biehler pour les encadrés sur « *Les Misérables* », « Le roman historique » et « Le romantisme », ainsi que pour les chapitres « Origine du roman », « Une histoire de la Révolution » et « L'engagement hugolien ».

Conception numérique : Primento, le partenaire numérique des éditeurs.

Ce titre a été réalisé avec le soutien de la Fédération Wallonie-Bruxelles, Service général des Lettres et du Livre.